LETREIROS LUMINOSOS

para cantos de escuridão

Contemplado no Edital Movimenta Cultura

FMIC
FUNDO MUNICIPAL DE INCENTIVO À CULTURA

TRABALHO PELA VIDA

PREFEITURA DE CONTAGEM

Editor
Eduardo Lacerda

Assistentes Editoriais
Amanda Vital
Diego Alves
João Vitor Nascimento
Maria Beatriz de Paula Machado
Ricardo Escudeiro

Capa e Projeto Gráfico
Carla Heloisa

Administrativo e Comercial
Pricila Gunutzmann

Expedição
Sheila Gomes

Catalogação na publicação
Elaborada por Bibliotecária Janaina Ramos – CRB-8/9166

B162L Baiotto, Marcelo Costa
Letreiros luminosos para cantos de escuridão / Marcelo Costa Baiotto.
São Paulo: Patuá, 2024.
88 p.; 14 X 21 cm

ISBN: 978-65-5864-775-1

1. Conto. 2. Literatura brasileira. I. Baiotto, Marcelo Costa. II. Título.

CDD: 869.93

Índice para catálogo sistemático
I. Conto : Literatura brasileira

Editora Patuá | Livraria Patuscada
Rua Luís Murat, 40
Vila Madalena – São Paulo – SP
(11) 96548-0190
editorapatua@gmail.com
www.editorapatua.com.br

MARCELO COSTA BAIOTTO

LETREIROS LUMINOSOS

para cantos de escuridão

PATUÁ
EDITORA

SUMÁRIO

"Eu abro meus olhos
No meio da noite
Dentro do escuro
Eu fico acordado
Em todo mergulho
Eu abro meus olhos
Mesmo sabendo
A fundura do lago"

Inscrição encontrada nas paredes do cárcere do conto "Eu, nunca mais". Pode ser atribuída ao personagem atual ou a qualquer outro personagem que por acaso tenha habitado, no mesmo lugar, em alguma outra história contada por alguém.

JORGE E A SERPENTE

Conta um mito originário da Suméria que Ninurta, filho de Enlil, lutou exaustivamente contra um exército de pedras. Naquele tempo as pedras ainda não possuíam nome, e assim que Ninurta venceu a batalha, ocupou-se em nomeá-las para que pudessem existir, sob a forma de montanhas.

Eu poderia começar a história pelo dia em que chegando à biblioteca encontrei uma prateleira inteira desarrumada. Pondo-me ferozmente a reorganizá-la, resmungando maldições aos desleixados anônimos, deparei-me com um livro cujo título possuía duas letras apenas. Intrigado, folheei e percebi que era todo escrito em base binária, apenas duas letras, e que seus últimos caracteres consistiam em dois-pontos, sinal de pontuação que indica continuidade. O caro leitor deve estar se perguntando como se escreve um livro assim, e como construir significados com apenas duas letras combinadas em cada palavra. Mas é de conhecimento erudito que as cartas e documentos datados nos primórdios dos cartórios de ofício eram escritos utilizando, em boa parte, abreviações. Com o intuito de torná-los mais sintéticos, formais, diretos e para não sobrecarregar o tabelião. Essas abreviações eram de conhecimento erudito na época, por isso, não havia dificuldade nenhuma para o seu entendimento. Então, claramente, podemos supor que escrever em qualquer base não é tarefa impossível e, assim, o número reduzido de letras não afeta, nem em extensão, nem em profundidade, o texto que chegara às minhas mãos, encaminhado aleatoriamente pelos desordeiros da biblioteca. Guardei o livro na prateleira naquele mesmo dia. Logicamente, depois de devorá-lo em minha mesa, com auxílio utilitaríssimo de um dicionário de abreviações antigas e muita, mas muita dedução lógica pelo contexto das frases. Desde então, após tê-lo guardado, por mais organizada que esteja a biblioteca, nunca mais o reencontrei.

Anos mais tarde, um homem conhecido por Simão, livreiro famoso da região central do país, me apareceu com outro exemplar semelhante. Novamente, o título tinha apenas duas letras e progredia ao avançar da história para os dois-pontos ao final do livro. Espero já ter convencido o leitor sobre meu imenso interesse por esse surpreendente modelo de escrita. Então fiz questão de pagar-lhe qualquer preço. Acontece que Simão também padece do mesmo mal que o pobre diabo que vos fala, logo, só pude averiguar, produto de minha memória perceptiva e comparativa, que os livros, eliminando os pontos, não eram iguais, mas contrários. Se o leitor pensa que não havia, então, uma história razoavelmente lógica, é porque desconhece os meandros do acaso e dos palíndromos. Os aleatórios desenhos nas margens oceânicas devem ser de vaga lembrança do leitor. Uma gota que despenca de um galho raramente cairá no mesmo ponto que outra, mas manterá uma lógica universal em seu ato de cair que lhe diferirá e irmanará com a primeira. Eram livros distintos, com histórias diversas, complementares e opostos. Era como se o primeiro, posto em frente a um espelho, elaborasse outra história que acabaria em seu começo. Qual história? Relatos de um homem e suas viagens pelo mundo em posse do seu diário. Mas eram contrárias, opostas. Como se toda viagem tivesse como destino seu ponto de partida. O que mais me impressionou foi a lógica binária para contar, com tamanha riqueza de detalhes, histórias tão complexas. Bom, já tendo aceitado que o absurdo também possui sua lógica intrínseca, o leitor deve estar pensando que agora tudo será possível. Então, eu poderia contar displicentemente sobre os ratos que roeram o antigo livro de Simão uns dois dias depois, ficando esse incompleto e, consequentemente, incompreensível para sempre, e talvez com isso, o leitor possa dar algumas boas risadas. Eu poderia acrescentar que um dia, descansando os pés numa linda e azul piscina da casa de um amigo, eu vi as mesmas letras dos dois livros flutuando nos reflexos da água e formando uma terceira história que era a conclusão das primeiras e início de uma quarta narrativa que talvez pudesse ser lida ao redor do fogo. Posso contar que por quase uma hora, fiquei lendo na trêmula superfície, até que Jamile pulou na água e desapareceu irremediavelmente com a trama para sempre. O leitor pode achar absurdo, mas sinceramente, mais absurdo é abrir os olhos pela manhã e adentrar num deserto de areia e sal ou numa floresta de arbustos e cedros, o que daria no mesmo. Mais absurdo é pensar no que nos pertence, na fronteira entre corpo e espaço, na sopa morna que une nossos átomos, nessa débil energia que se converte em matéria. “Um jogo de novelos que se esvaziam e se enroscam num tear eterno, sem sequer trocar de linha”, como resumiria de maneira científica Lavoisier na tradução do professor Poncito para seu povo da vila mexicana.

Permita-me...

Numa noite chuvosa, cheia de escorregões e tropeços, eu, velho de tanto perambular por esse mundo sobre o meu autorrodante, deparei-me com outro livro na prateleira empoeirada de um sebo curitibano. Seu título continha quatro letras. Eu pude segurá-lo e folheá-lo inteiro. Havia em cada palavra as letras dos outros livros que encontrei, porém, sistematicamente, elas formavam outras palavras combinadas com outras letras do alfabeto e contavam uma diversa história sobre a derradeira viagem do "Sr. K.M.", personagem também dos outros volumes que outrora havia conhecido. Aturdido nesse mistério de uma vida inteira, eu percebi que havia esquecido a carteira sobre a mesa da cozinha. O livro era absurdamente caro para um sebo de rua. O dono devia saber o seu valor de fato. Procurei em vão qualquer coisa que pudesse me valer de crédito. Inútil, nada que eu possuísse naquele momento pagaria aquilo. O senhor corcunda, com seus cabelos brancos e gravata encardida, apenas levantou o olhar sobre o exemplar cartesiano que tinha em mãos e acenou um "não" firme com a cabeça. Pedi então que o reservasse até que eu retornasse de casa com o capital necessário para sua aquisição. Assim ele o fez de bom grado. Fui embora aturdido e apressado. Não se iluda, um homem às vezes sai sem portar nada de valor e nem percebe.

Na volta para casa, quem há de entender, depois de sair com meu carro, me embrenhei numa avenida escura e erma, perdido no trajeto onde, numa fração de segundos, por precária visão do horizonte, atropelei um mamífero qualquer. O barulho foi ensurdecedor. Um mamífero de médio porte provavelmente, pois não foi um acidente feio, mas o carro saiu da estrada e, freando bruscamente, estagnei. Imaginando que o bicho estivesse vivo ainda e ao perceber sangue no vidro do carro, abri a porta para avaliar o prejuízo e, quem sabe, os sinais vitais do animal. Nesse instante, uma serpente abocanhou-me vorazmente o tornozelo. E esse é o fim, leitor. Ou, quem sabe, o começo...

Só que antes de terminar a minha história agonizando numa avenida erma e chuvosa, com um veneno percorrendo velozmente meu corpo, concluí que aquela biblioteca, com todo o seu imenso número de leitores, toda a sua gigantesca coleção de livros, só existia para mim em função de uma prateleira, em função de um único livro. Mas seria absurdo se não existisse toda uma biblioteca ao redor, e o absurdo é algo que o humano não suportaria, como diria um velho escritor argentino. Para que eu aceitasse a mensagem, teria que ler, atenta e plausivelmente, como qualquer coisa nos recônditos da paisagem. Débil, por efeito da intoxicação, eu concluí que a escrita binária dos livros também nada significava, era totalmente inútil, desprovida de sentido, e qualquer criança a faria. Eram apenas combinações vogais para distrair meu intelecto cansado de intelectualizar. Eu mesmo inventara aquelas histórias, por não compreender os livros binários desprovidos de razão, tão comuns e populares em algum reino possível. Lembrei-me então dos títulos dos volumes, de cada letra, de cada sílaba. Assim, quase sem sinapses, percebi, aturdido e decepcionado (morrer pode aturdir e decepcionar os incautos), que cada um desses livros só existia para mim em função dos títulos, que, antepostos, formavam o nome da avenida onde esse cadáver desvanecerá solitário. Quanto ao nome da serpente, não sei dizer, dessa forma ela não existe, nunca existiu e, no entanto, me aniquila.

SABE AQUELE VENTO ANTES DA CHUVA?

– Seu pai já te pegou no colo também, seu ingrato! Ajudou a te olhar...

Eram as rudes palavras da minha mãe quando, por motivos íntimos e legítimos, eu desprezava a figura paterna, sua fuga, o nosso abandono. Neblina na memória.

Eu ficava horas com meu filho no colo em frente à porta, mirando a linha do horizonte, até meus braços adormecerem, pensando, dentro de cada noite que se abria, o que fazia meu pai... onde encostava sua cabeça pra dormir... Daí minha mãe em sua ladainha:

– Era bem assim aquele filho da puta maldito, olhar perdido nos idos do sol, lasca de reboco, por isso não aguentou o tranco, terreno sem muro, arenoso demais, engrenagem do sem-fim.

– Como era ele, mãe?

– Sabe aquele vento antes da chuva? Então.

É que tem uns dias em que não aguento, quando um filme me toca, quando toco as rugas de minha mãe dormindo a novela, quando passa algum senhor apressado e me repara, eu imagino vivo o meu pai. Meu pai ainda forte, me balançando, dentro de um silêncio há mais de vinte anos.

De todos os trocados guardados, só me sobrou a conta da viagem. Minha mãe de mãos dadas ao menino em frente à porta, olhando de quimera a minha partida. O menino esquivo, deslizando feito peixe entre suas pernas, nada entendia dos desígnios da vida e já ensaiava alguma palavra.

Dois ônibus e outras tantas paradas de distância, dessa vez acho que sei onde ele está.

Minha mãe contava que meu pai chegava ao berço por trás e eu só via seu rosto de cabeça para baixo. Guardo até hoje a imagem invertida, embora eu não me lembre do seu rosto, eram esses os meus desenhos de colégio, o queixo primeiro, apontando um resto de barba. Minha mãe sabe arder minha dúvida: "Ele vai é correr contigo de lá, ele é um lixo que só quer saber de si, nada do que ele te fizer mudará uma vida inteira de ausência, e que ela não move uma palha se ele precisar". Acontece que quando ela menos percebe, deixa vazar a saudade, porque ninguém lhe fala mal.

Era outro restaurante de estrada, outra parada. Olhei para as cadeiras vazias, só um casal num canto mais apagado, uma árvore de natal de plástico, moscas, estalos de lenha, ardia fogo no metal encardido das panelas.

Peguei um prato e avancei pelas saladas. Arroz, feijão preto, angu, abobrinha. Só na hora da carne uma garota me dirigiu a palavra.

– Carne cozida, pode ser – respondi.

Logo os passageiros começaram a ocupar o vazio do restaurante.

Todos os anos era o pai que colocava a estrela no topo da árvore de natal de casa, desde sua ida ela lascou duas pontas, anã branca dorme apagada dentro de uma caixa de papelão, entre os jornais encardidos de outra década. Brilho de lata, falso ouro.

Talheres, pratos, garrafas, crianças, mães com mil braços, conversa, risos; até que o casal se levantou, ele bêbado, ela na pose.

Há tempos me recordo do tremor das mãos de meu pai, não é bem uma lembrança, mas uma das tantas invenções no ventre das palavras de minha mãe. Ela contou tudo que sei sobre ele, entre xingos e lamentos. Eu tratei de inventar a fotografia, de mapear a minha ilha, completar o meu álbum de figurinhas.

Longe do meu destino, quilômetros ainda para chegar à cidade, onde possivelmente ele se instalou. E chegando lá, quantas ruas, quantos portões, quantas casas... Só tenho um nome e uma profissão. Em cidade pequena é o que basta, ferro de marcar o boi. E ainda o tempo que se deita e se levanta. Persigo o que pode já ter sido, o que já não é. Enfio as mãos pelo escuro e sinto a atmosfera carregada, betume escorrendo pelos cotovelos. Sinto que há algo ali por que respira, por que pulsa. Feltro marcado de giz. Pode ser apenas um bicho doente de solidão, mas eu busco porque não suporto mais o uivo dentro da selva. Vivo a todo momento aquele instante antes de dormir, em que apagamos a luz, mas ainda não chegamos à cama. Então seja feita minha vontade, ver meu pai só para roubar-lhe o fogo das mãos.

A maioria já se foi, alguns ainda terminando os assuntos, o cafezinho. Segui até o caixa, a mesma garota que serviu a carne disse apenas:

– O velho já pagou.

– Que velho?

– O senhor de barba, sentado perto do aquário.

Nem vi que tinha aquário, olhei automaticamente para as cadeiras vazias.

– Que senhor menina, eu... você não sabe o que tá dizendo.

– Bom, ele já pagou. Disse para te avisar. Só isso, se quiser pagar de novo...

Corri até a parada de embarque, uma linha sinuosa e extensa de ônibus, um corredor longínquo. Depois de três voltas relendo o destino de cada condução, sentei-me num pequeno muro lateral. Fazia calor, o sol batia no piso a uma média distância, refletia numa vitrine e em ângulo reto acertava meus olhos. Brilho intenso. Isso durou poucos minutos, mas enquanto durou, permaneci completamente cego.

PONTO DE VISTA

– Tá vendo aquele lá longe, do outro lado da rua?

O outro concordou com a cabeça.

– Consegue me dizer qual a cor da sua camisa?

Concordou novamente.

– Pois então diga.

O velho apertou os olhinhos, concertou os óculos sobre o nariz e respondeu num suspiro:

– É tipo um azul.

– Tipo ou é azul?

– Azul, com certeza azul.

– Então, é o que eu disse, o seu grau tá certo.

– Com cores é fácil.

– Mas você disse que está com problema justamente com cores.

– Só à noite; problema de dia é ler...

– Então tá vendo o outdoor?

– Também não é pra tanto, Afonso; são só as miúdas...

– Então no muro, ao lado do outro ponto de ônibus, tem um número de candidato, sabe qual?

– Sei.

– Então diga.

– Não, eu disse que sei onde tá o número, mas não consigo ler, fica tudo embaçado.

– Tá vendo? Eu também não leio daqui, é impossível, eu sei que é um número e só isso.

– Eu preciso mesmo de um plano de saúde, com um plano de saúde eu teria os óculos certos.

– Pra que plano de saúde nós dois? Eu te pergunto, pra quê? Se um só resolve.

– É que com os óculos não tem jeito, você não pode ver por mim, pode? Eu sei que esse não é o meu grau...

– Essa coisa de grau é besteira, eu também enxergo mal e nem uso óculos, a gente tem o mesmo problema de vista, é certo. Esses óculos aí inclusive servem para nós dois.

– Não sei não, esses óculos estão me incomodando, tá me ardendo as vistas.

– Olha, Onofre, se você quer fazer plano de saúde, faz, mas você sabe como estão as coisas, na sua idade é uma fortuna, e vai fazer isso só pra arrumar uns grauzinhos, porque com o resto a gente se vira bem, você sabe.

– Sei, mas a gente podia pelo menos revezar o titular a cada ano... assim eu podia ir às consultas.

– É, Onofre? E quantos anos você acha que nos resta? É a maior burocracia ficar trocando a papelada, além disso, aumentaria o valor do plano; e tem mais, com o seu histórico de saúde, o plano já seria bem mais caro com certeza. Chega de besteira, homem, o plano que tem dá pra nós dois. Esses óculos estão bem em você, é questão de tempo, adaptação.

– Eu sei, é que eu queria outra armação também, não gostei muito dessa.

– Isso porque você é trouxa, nós fomos juntos escolher e a que você queria era horrível! Meu Deus, como você tem mau gosto. Aí eu te mostrei essa aí e você disse "não sei... pode ser".

– Então, eu disse não sei... Não havia decidido ainda.

– Disse não sei, mas comprou, e comprou porque quis.

– Você me convenceu que o preço era mais em conta, foi isso.

– Claro! Onofre, Onofre, você viu o preço das armações de óculos? Aquela aberração que você queria era o olho da cara, literalmente. É melhor comprar uma simples e bonita como essa daí, porque óculos é igual guarda-chuva, sempre esquecemos na hora em que precisamos, e quando levamos, perdemos sem precisar. Se vai perder de todo jeito, perde uma coisa barata, assim não tem tanto prejuízo.

– E tem mais, eu acho que essa lente tá arranhada, olha aqui...

– Só se você arranhou. Mandaram até uma flanelinha para você limpar e ontem eu te vi enxugando ele na camisa suja.

– Olha aqui se não é arranhão?

– Isso não é arranhão nada, é tipo um cabelo grudado, me dá aqui que eu tiro...

– Aí, tá vendo, você tá usando a camisa para limpar e depois fala de mim.

– Acontece que a minha camisa tá limpa. Toma, tá aqui, ó, sem arranhão nenhum. Olha aí, o ônibus tá vindo. É ele mesmo?

– Não sei, se pelo menos eu tivesse os óculos certos...

– Deixa de insistência, homem, e me ajuda a enxergar.

– É ele mesmo, o que vai para o centro.

– Então tchau, Onofre.

– Não esquece de pedir o meu remédio de sempre, e fala que a dor na coluna aumentou, pede um remédio diferente daquele último que ele tinha passado.

– Esqueço não, pode ficar tranquilo que eu descrevo para ele direitinho os nossos sintomas.

– Então tchau, Afonso.

Ficou com os óculos na mão olhando o ônibus partir.

CHUVA SOBRE OS CAVALOS

Saímos cedo a cavalo e perambulamos o dia inteiro atrás da rês perdida. Era um novilho malhado de médio chifre, arisco que nem piaba. O danado arrebentou a cerca do curral pela terceira vez, só que agora, faz dois dias de sumiço. O pai seguia adiante com sua rala cabeleira branca e seu silencioso resmungo, não usava chapéu, nem bota, só uma calça rota, um sapato esfolado e aquele olhar firme, lacrimoso, rodeado de rugas profundas – teia de orvalhos. Os cavalos cansados bufavam em cada cupinzeiro um descanso breve. Era o fim da tarde e o sol já sumia, armou-se uma tempestade no horizonte acima dos morros da fazenda velha. Vinha chuva brava e o vento já anunciava o galope. Numa das paradas olhei para o meu pai, nunca o encarava no olho, só inclinava a cabeça em sua direção com o olhar baixo e ele já sabia o que eu queria. Assim nos comunicávamos, ele quase não falava. Eu estava desistindo; com a tempestade que vinha, seria impossível sequer avistar o boizinho. O velho bateu o cipó no cavalo e ditou o seu ritmo. Quando ele fazia isso, eu sabia que não descansaríamos até encontrar o bicho, então comecei a me preocupar.

Chegamos numa capoeira alta de mata cerrada, os cavalos não poderiam seguir dali adiante, então o velho apeou e olhou no meu rumo, atravessamos a mata a pé. Quando chegamos a céu aberto novamente, senti o bafo da chuva a alguns metros atrás de nós. Bem mais a frente havia outra matinha na lateral de um pequeno morro. Ontem passamos ao seu redor quando viemos pelo outro lado. Olhei para trás, ao longe os cavalos estavam tranquilos pastando o verde fecundo junto da parede de água que surgia no pasto. Fiquei pensando naquela chuvarada encharcando o mundo, nas raízes rangendo no fundo da terra, nos dentes dos cavalos verdes de mato. O velho cheirou o ar como se farejando; eu só respirava chuva, então ele adiantou-se e abriu com o facão uma pequena clareira, cortou uns roliços de madeira e chegou junto de uma vala. Quando me aproximei, avistei o novilho preso no fundo daqueles barrancos compactos e o pai olhando, matutando na certa como o tiraria de lá. Do jeito que ele caiu, parece que quebrou a perna. O pai passou a mão na cabeça, levantou e disparou a recolher uns troncos ao redor. Compreendi o que deveria ser feito. Tentamos a custo fazer um estrado com corda e madeira que passasse pela barriga do boi. A chuva já despencava forte, mas tinha acabado de chegar onde estávamos. Aí que percebemos o trágico destino do animal. Chovera muito no alto dos morros e o aguaceiro buscava trilha pelos vales. O buraco onde caiu o novilho começou a encher d'água. Água pesada, água corrente, água veloz. Enxurrada lavando os pastos, caudalosa, subindo, subindo, até que cobriu o pescoço do animal. Aquilo era de assustar, um rio provisório, forte igual dez de nós. Tudo muito rápido, não tínhamos o que fazer, o velho sabia. Mesmo assim, pulou no buraco tentando salvar o bicho à força, tentando levantar aquele peso descomunal de couro encharcado, puxando o rabo, os chifres, gritando *oua! Eia!*... mas nada resolvia. Quando a água quase encobria o bicho todo, desistiu. Nós dois, que não nos olhávamos nos olhos, encaramos o olhar inerte do boi, que aos poucos desaparecia. Saímos da mata, o velho com o pouco cabelo escorrido na testa, lambido pelo pé d'água. Percebi que ele havia rasgado a camisa à altura do ombro, um vulto esmolambado, deu duas tossidas e pigarreou, sempre fazia isso ao fim da tarde, uma ladainha, talvez o seu comentário mais profundo. Na metade do caminho, pareceu-me que o boizinho deu um último berro, ou foi um trovão dentro da noite que estalava. Daqui não se avistava mais os cavalos, a chuva ocultava tudo, mas eu sei que estavam lá, imóveis, resignados no lugar em que os deixamos. Enquanto voltávamos sem mapa nem horizonte, fiquei pensando na chuvarada açoitando seus lombos infinitamente cansados dessa nossa busca.

O LUGAR DO FUTURO

– Eu gostaria de saber se vou passar...

– Você sabe que é mais difícil remediar.

– Eu tenho estudado, mas não consigo toda a matéria.

– Melhor prevenir.

– Só quero saber se vou passar, assim não perco tempo, ou perco, sei lá...

– Seu futuro está escrito aqui nesse papel em branco, eu posso ler cada palavra para você. Eu posso ler qualquer futuro na superfície de qualquer coisa, essa é a minha especialidade... Pergunta se os outros podem? São charlatões, precisam dos seus joguinhos, eu leio em qualquer lugar.

– Mas então, eu vou passar?

– O seu futuro está escrito nesse chão, repara, não há vassoura que apague. Vê os prédios? Cada janela é uma sílaba, eu posso juntá-las pra você. No esmalte dos seus dentes estão inscritas todas as manhãs do seu futuro, cada palavra que você ainda dirá já habita o silêncio da sua boca. Você é uma menina tranquila, não se desespere, está preparada?

– Eu quero saber se vou acertar e quantas, aí eu me preparo...

– Quero saber se está preparada para o seu futuro... Ele tá ali, ó... Pode ver? Na poeira que o vento sopra, cada grão é um dia da sua vida. Se eu pegar um grão, por exemplo, esse aqui, é o grão de poeira que corresponde ao dia da sua prova, eu posso ver muitas questões.

– Eu estou acertando?

– Muita gente no pátio, fique longe daqueles que levam seus caderninhos, apostilas, exercícios e ficam fazendo anotações de última hora. Estão lá para botar medo, fazem contas nos dedos e se empanturram da matéria, fique longe deles. O que estudam não cairá.

– Mas e o que eu estudar, vai cair?

– Tem uns que levam bolsinhas com lápis número um, lápis número dois e lápis reserva, além das três canetas para passar tudo a limpo, que besteira, e nem emprestam. E os que riem alto? Comentam alto, gesticulam demais. Pior, tem uns que vão uniformizados de cursinho! Burburinho dos trouxas. Em vão estalam os dedos, quando a gente pega a prova tem uma confluência de destinos ali, um jogo da vida, um tarô lúdico, um diagrama de dados no tabuleiro suado. Não se preocupe.

– Mas eu estou ainda mais preocupada, eu não sei se vou passar...

– Os números das casas dessa rua somados totalizam o seu número da sorte.

– Mas e as questões?

– Olhe para o fundo das suas mãos, linhas, seu cabelo, linhas, no gabarito da prova, uma linha contínua passando sobre cada letra, curvando-se como num gráfico. É estranho saber que as respostas já estão ali desde o início, é só marcar. Aperte bem os olhos, concentre-se. Aos poucos a linha vai surgindo, do nada, na cor da esferográfica. Linha pontilhada, costurando, reforçando emendas. As respostas estão lá arranhando o papel, emergem, flutuam na superfície, inúmeras letras...

– Pois é, eu vou acertar quantas?

– Quando acabar, quando entregar o gabarito e descer as escadas, tem sempre uns que ficam do lado de fora, na rua, comentando a prova, fique longe deles.

PRÓXIMA ESTAÇÃO

– Peti, Peti... – ela sussurrava com olhar perdido, exausta, vidrada nos trilhos. Balançava a cabeça.

– Peeeeeetiiiiiiiiiii! – um grito nervoso eclodiu na estação, altíssimo, estridente, prolongado, trêmulo.

Os passantes olhavam de soslaio, uns riam disfarçadamente, outros faziam piadas entre os dentes. Os mais atentos ignoravam completamente, retomando assuntos de trabalho ou estudo, um pé lá, outro cá.

Os trilhos começaram a vibrar e um ranger de aço ecoou longe, bem longe ainda.

– Peti, Peti, Peti, Peti, Peti, Peti... – começou a repetir rapidamente, num só fôlego, como quem tira a pressão, como se contam moedas.

Desespero. Tremia e enfiava os dedos nos cabelos, puxando chumaços inteiros. Cobria o rosto com as mãos e subitamente lançava o olhar para o alto. Andava pra lá e pra cá. Foi aí que escorreram as primeiras lágrimas, não desciam retas, contornavam a aspereza da pele, às vezes se equilibravam em alguma ruga, misturavam ao suor.

O barulho de metal ficou mais intenso, e agora nitidamente audível.

Com o olhar vidrado na direção do túnel, roendo as unhas descascadas de esmalte.

– Peti... – murmurou entre os lábios, choro silencioso, soluços, nariz escorrendo.

Agachou, tombou o pescoço para a direita e levou a mão espalmada sobre os olhos, como se buscasse na distância, como se na treva quase completa pudesse distinguir cada sombra por um simples fiapo de luz.

As pessoas já se aglomeravam junto à faixa amarela tentando adivinhar o rumo das portas do metrô, ombros rentes, relógios, guarda-chuvas.

O trem parando, parando, parando, completamente parado agora.

– Peeeeetiiiiiiiiiiiiiiiii!

– Peeeeeeeeeeeeeetiiiiiiiiiiiiiiiiiiiiiiii!

Entrou no último vagão, na última porta, no último segundo depois do apito, ainda olhando para o túnel.

Sentou-se junto à porta.

Não disse mais palavra.

Na estação seguinte, desceu.

NATALINA PARA ALGUÉM QUE VIRÁ

Naquela noite, a ceia foi posta sobre a mesa de natal. Muita comida para uma senhora tão pequena, tão magrinha. Mas ela quis assim, esperando visita.

Durante todo o ano, ele não veio, mas chegará logo para apaziguar a fome de todas as estações. Nada há de faltar. Depois de saciado, ele contará histórias que ela acreditará serem verdade, porque desconhece os caminhos. E qual o caminho de quem espera? Afoito, depois de farto, e antes que ela pegue no sono, recolherá o chapéu e a convencerá de que voltará logo. E logo já será outro natal, e sempre será assim.

Este ano ele se atrasou para não faltar com o costume. Deve ser o ônibus, os horários de feriado são terríveis de se cumprir. Voltou com a carne ao forno para que permaneça quente. Olhava pela janela e nada, só poeira acumulada sobre o gradeado. É muito chão desde onde ele vem, não deve ser fácil cumprir a jornada sem um atraso.

A árvore de natal na peleja, acendendo num breve instante suas miúdas bolinhas coloridas, no ritmo do pisca-pisca. Metade das luzinhas queimadas. Uma estrela de louça mapeia Belém, tombada no último raminho, sem presépio, sem manjedoura, guiando os desavisados para casa. Se ao menos fizesse frio, mas esse calor de lascar deixa a espera ainda mais cansativa.

A senhora sentada toma um gole de licor de pêssego, levanta a cabeça numa atenção austera. Silêncio de encanamentos pela casa inteira. Ela levanta e vai lentamente até a porta, olha, destranca, olha de novo. Retorna com um imenso sorriso aberto para a mesa repleta de comida, serve com carinho e contenção os dois pratos. Observa o relógio letárgico de quase meia-noite.

– Hoje você se atrasou, hein! – disse para uma parede branca. De resto ficou escutando, barulho de talheres, obturações e dentes postiços, risos de algum passante bêbado. Às vezes confirmando atenta com um gesto de cabeça, para demonstrar atenção. Era muita comida para uma dona de casa tão comedida. Deu-se o prazer único, ao longo de todo o ano, de tomar uma taça de vinho, com muito cuidado para que não se embriague demais, pois qualquer gole extra pode matar uma boa conversa. Quem sabe duas taças não façam mal... Mas aí veio o sono. Levantou-se lentamente e desculpou-se por recolher-se tão cedo à cama.

– É que talvez seja tarde demais para mim – disse em tom de "boa noite".

O FATAL LIVRO DOS PEIXES

Minha cabeça dói, minhas vistas turvas pelo cansaço, estou exausto. Há um desenho ornamental vermelho vivo em minha camisa de botões.

A última palestra sobre a criação do siamês de briga me consumiu. A semana inteira foram três palestras consecutivas, até o peixe manifestava sinais de cansaço extremo, descamando. Por isso, o fiasco de saltar para o chão no último dia, no último instante, em público. Depois, tal qual mágica, o escamoso desapareceu. E quem disse que acharam o peixe? Entre tapetes e pernas, sapatos, calças, vestidos, saltos agulha. Na frente de trinta ouvintes atentos, sobre um carpete neutro, trinta olhos incrédulos. Ninguém encontrou sequer vestígios do peixe. Risos lá no fundo do auditório, cochichos na frente. Então foi assim, para coroar a apresentação, eu esbarrei o cotovelo no aquário e derramei toda a água. Vergonha. O peixe desapareceu. Ontem, voltei para ver se encontrava ao menos o cadáver do bichinho, o pente dos seus ossos. Nem peixe, nem espinho. Nessa lida, cheguei ao domingo.

Apanhei na mesa de cabeceira o livro sobre carpas japonesas para finalizá-lo. Preciso devolvê-lo à biblioteca amanhã e faltam algumas páginas ainda. Eu não terei outro tempo e nem cogito a possibilidade de atraso. Acontece que eu preferia não ter lido, devolvido o livro sem tentar. Porque essas trinta míseras páginas finais mudaram radicalmente a minha vida para sempre. Não o conteúdo do livro em si, pois criar carpas é algo inofensivo, acredito eu, e quase todos devem concordar. Acontece que chegando à página 303, me deparei com um papel dobrado que me impedia a fluência da leitura, cuidadosamente arranjado entre as páginas. Parecia uma gravura complementar, parecia um marcador improvisado, pausado eternamente sobre o tanque das carpas. Atinei para as letras azuladas atravessando o velho papel, manchas de mofo, cheiro de gaveta, naftalina. Abri cuidadosamente, como se escavasse um sítio arqueológico, como se fossem antigos papiros. Um pouco mais de esforço empregado no feito e o papel se desmancharia em minhas mãos tamanha a ação do tempo. Entre minúcias, cheguei à informação oculta. No início, configurando cabeçalho, havia a data de 03-05-1963, o ano do meu nascimento. Abaixo havia três nomes completos; entre eles, por incrível que pareça, destacava-se o meu. Em letras garrafais, seguras, bem desenhadas, meu extenso nome. Cursiva perfeita. Então, ocultos pela última dobra, perfeitamente embalados e sobrepostos, três retratos. Quando vi meu rosto, não acreditei. Foto atual. Acontece que há alguns anos não tiro fotos 3X4. Agora essa aí, com terno, pose e gravata. Atualíssima. Balanço de barco. Confesso atordoado que atirei o livro ao chão. Aquele papel de dez centímetros quadrados me desesperou, isso mesmo, minha mente adormecida na incrível e infalível técnica de criar peixes ornamentais entrou em erupção, colapso, cabo das tormentas.

Saber que os outros dois sujeitos nunca mais voltaram a fazer empréstimos na biblioteca não me assustou tanto quanto a maneira como soube e que me assinalou o alerta macabro. Minha vizinha de condomínio trabalha na biblioteca e não interpôs nenhum empecilho para realizar-me prontamente o favor, mas antes não a tivesse solicitado. Antes houvesse adicionado o papel e as fotos ao lixo de segunda-feira. Ao retornar com a antiética pesquisa, eu confirmei o que imaginava, horrorizado. O livro das carpas foi o último que aqueles companheiros de lista desaparecidos leram naquele recinto público. O nome de nenhum dos distintos senhores configura na web, já havia pesquisado e novamente agora. Nada. Nem imagens, nem menção.

Ao retornar do setor de informática da biblioteca, meus olhos lacrimejaram. Suor frio. Girei em torno do meu eixo de equilíbrio e meus pés já não se sustentavam no chão. Tremor. Quanto mais observo, menos enxergo. Vertigem. Estou acuado, inquieto. Mesas e mais mesas de estudantes em polvorosa, corro para o setor de empréstimos. É tarde quando solicito que não deem baixa no livro, já fora até devolvido à estante. Rubor, ranger de dentes. A biblioteca está lotada. Corro até a prateleira, preciso realizar o empréstimo novamente, preciso permanecer com esse livro. Isso! Única salvação lógica. O livro... Mantê-lo sob meu domínio. Já não sei o que pensar. Preciso manter o controle. Respiro fundo. Procurei o livro desesperadamente em todos os setores, junto a todos os funcionários ou dispositivos de controle. Não. Simplesmente o livro não existe mais. Pavor. Desembesto pelas escadas. Taquicardia, alcanço a porta sem fôlego para lutar. Atravesso a rua. Sinto suor escorrendo no pescoço, ensopando a camisa. Corro por ruas paralelas, diagonais, sinuosas, na pressa de regressar logo para casa. Paro para tomar fôlego numa ruazinha morta, então ouço uma voz abafada, como se vindo de uma cisterna:

– Entre no carro!

O frio do metal como um anzol pressionando as minhas costas.

ALGUM TEMPO ATRÁS

– Luiz!?

Virei-me subitamente, o tom era cortante, tumba de exumados, ranger de porta velha. Não vi pessoa, a não ser a gente que ia, a gente que vinha.

– Ei, Luiz, sou eu cara...

Agora sim, bem na minha frente, braços erguidos para um golpe de abraço.

Abracei sem desviar os olhos de suas feições, aguardando o lampejo, o toque de Midas que me arrancaria em resposta os velhos bons modos... Não consegui retribuir o mesmo abraço.

– Ei, Luiz, nós estudamos na mesma sala do ensino médio, ei, cara, esqueceu?

Incrível!

– Fábio?

– Isso mesmo, irmão, como os anos lhe judiaram.

Gargalhou ao dizer isso, enquanto eu pensava na coincidência de encontrar o meu melhor amigo de colégio, que nunca mais havia visto, no passeio da avenida central. Tráfego, lojas, arranha-céus, multidão. Vi claramente nos seus olhos o velho Fábio das primeiras noitadas. Suas pálpebras caíram um pouco, mas seus olhos verdes são inconfundíveis, sempre alegres. Meio pálido, mas aí está o velho Fábio!

– Luiz, você nem acredita quem eu encontrei antes de te ver aqui?!

– Cara, eu...

– A Alê, lembra? Ela continua ruiva, artificial, mas tá linda. Cara, pude perceber que vocês não se casaram.

Alê foi minha primeira namorada, era bem mais velha, mas deve ter se conservado, não pegava um fiapo de sol.

– Você viu a Alê aqui na avenida? – perguntei.

– Sim, três quadras acima. Ela tava fazendo compras com uma das filhas. Linda, Luiz, linda! Mas me conta, o que você tem feito? Formou em alguma engenharia, né?

– É... Por aí... Formei em Engenharia de Alimentos e trabalho numa indústria de laticínios. Iogurtes, essas coisas... E você? Casou-se com a Joana?

– Naaada! Joana foi só uma aventurazinha romântica, tô solteiro até hoje. Cara, você acredita que eu nem sequer me formei? Pois é, eu vivo de uns bicos, um aqui, outro ali, e vai-se levando... Hahaha. Já fiz muita coisa, já ganhei, já perdi, mas sabe de uma que eu nunca vou esquecer? O nosso melhor jogo, tá lembrado? – bateu com a mão no meu ombro. – Vencemos de virada, hein? Eu acabei de comentar isso com a Alê, ela riu demais. Empolgada ainda...

– Como eu ia esquecer? Aquele jogo foi a maior realização da minha vida estudantil... Que conquista! Ouro!!!

– Lembra, foi fatal. Custamos, mas foi fatal. E a comemoração depois, na casa do Igor? Lembra? A Sabrina tirou a roupa e caiu na piscina! Foi quando eu te apresentei a Alê, tá lembrado? Aquele dia foi incrível, e a noite... Que noite!

– Igor? Sabrina? Peraí, eu conheci a Alê na Sorveteria do Afonso tá lembrado? Foi a Lúcia que me apresentou. Aquela noite nós comemoramos no Vegas, o bar do Túlio, não lembra?

– Vegas? Túlio?

– Peraí... Onde você estudou?

Olhei bem fundo naqueles olhos verdes e não vi mais ninguém, espelho emparedado, linha de anzol partida, búzio entre cartas de tarô. Olhei para o ex-Fábio, meu melhor ex-amigo de ex-colégio. Destino trocado, falsa coral entre o semáforo e a avenida.

Dessa feita, eu o abracei forte, retribuí o abraço inicial reparando ainda na sua fisionomia, completamente mudada.

Era como se eu limpasse o mofo das prateleiras e restasse só a rude madeira impregnada de cupins. Um milhão de sinapses e era como se eu abraçasse uma coluna de granito; mas ainda assim era como se em país estrangeiro eu me assentasse nos degraus de casa.

Seus olhos verdes cheios de um nada viscoso, rastros de caramujos, papel de pegar moscas, baba de boi no capim.

SÓ O ADIANTE

Eram ciprestes altos junto a uma ponte, e no alto do parapeito, um lagarto. A lembrança dos olhos de Gilvânia. Por um bom tempo, eu ainda passava por esse caminho, contornava as pedras e adentrava o mar. Aos poucos turvo, uma cerração cobrindo as veredas. Tentava localizar os ciprestes, certo de que eles estavam lá, eu podia ouvi-los. Perto das ondas, eu sentia a temperatura da água, erguia as mãos cheias e deixava o lento escorrer pelos braços. Depois o lagarto desapareceu, misturou-se às pedras, mas sobrevive, pois, quando passo pela ponte, eu me inclino em sua direção.

Hoje, raramente sonho claridades. Tudo foi anoitecendo nesses cinquenta e sete anos, e eu me acostumando com a voz de Gilvânia cada vez mais fraca, como se do fundo da terra. Quando escureceu completamente, cheguei a novas distâncias, ouvi outras vozes. Por algumas vezes, um até me dá o braço, mas não reconheço seu timbre. Hoje, sinto cheiros e estanco sobre arcos invisíveis. Num lugar, eu ouço o eco da minha voz, parece uma gruta. Quando pequeno, eu visitei uma gruta pouco iluminada, vibrando morcegos. Naquele tempo, minha vista já embaçava.

Um moleque assovia longe, meu coração acelera. Um pássaro me sobrevoa, ouço o ruflar das asas.

Minha irmã me contou que meus olhos são imóveis sob as pálpebras enquanto durmo, mas meus dedos contraem todo o tempo, como se fizessem contas, como se datilografassem. Não sei a verdade, é bem possível que minha vista ignore o sonho, pois meus gestos são meus olhos, incorporaram outros sentidos ao longo desses anos todos.

Volto a face para o sol, numa cadeira de pano descanso no pátio. Também já sonhei com isso, essa sensação térmica do vermelho.

— Gilvânia!

Meu grito alcança seu corpo e retorna. Percebo que ela está por perto.

— Gilvânia, a janela está aberta, tá armando chuva.

Sinto o cheiro de café. Mal posso esperar pela manhã, essa noite mais nítida, porque repleta de sons.

A única coisa com que nunca sonhei é que eu seja cego. É como se a cegueira não existisse, como se o mundo se operasse desse único e possível modo. Não há angústia, tudo está em seu lugar. Os objetos com suas multifaces, inquilinos da minha cabeça. A minha terra naufragou, todas as coisas emergiram, e quando estendo a mão nesse oceano, eu organizo sobre as ondas o meu império.

Já sonhei com esse asilo onde vivo hoje. Sonhei com o velho Simão, meu único amigo sobrevivente. Eu nunca vi seu rosto, não poderia, mas já sonhei que lhe contava um sonho e ele pigarreava atento.

— Já ficou muito tempo num jardim ensolarado, Simão, e depois entrou num quarto mal iluminado? Nada de nada, tudo oculto, no entanto tudo te aguarda. As coisas estarão sempre ali te esperando para existir.

Eu sigo reto, meus sapatos troc, troc, troc, num determinado breu eu viro à direita, numa súbita melodia, à esquerda. Um perfume me arremessa para o meio das azaleias, troc, troc, troc, não há placas, faixas, setas. Tenho a boca seca, mastigo sem querer uns grãos de areia, meu rosto arde. Uma voz feminina me pergunta as horas, ignoro. Imagino que seja tarde. Meus cabelos ásperos, troc, troc, troc, não há pistas, nem sinais. O vento mais forte, as ondas mais audíveis. Não há marcos nem contornos, daqui pra frente, só o adiante.

CÃO

Antes de minha partida, chegou o cão. De onde? Dormiu a primeira noite, a segunda. Era magro e doente, tive que expulsá-lo a baldes d'água. Olhos fundos e assustados. Os vizinhos por pena começaram a alimentá-lo com restos de comida, estava faminto e sujo. Mas havia nele um tanto de dignidade, ninguém conseguia tocá-lo, nem por carinho se rendia. Indisponível, petulante, ingrato. Sempre que alguém se aproximava, ele corria espreitando à distância. Depois vinha comer. Sei que às vezes recusava comida. Já o vi dormir no chão ao lado da cama que lhe fora improvisada. Sei que às vezes uivava. Uma noite debaixo de uma tempestade, o vi passeando lentamente pela rua, todo molhado, parecia um fantasma. Começou a receber ração e água. Os mais pretensiosos desejavam domá-lo. Esse cachorro é de raça! Isso é bom para guardar sítio! Pobre animal, com seus olhos lacrimosos cumpria uma sina. Aos poucos se fortaleceu, aprumou-se. Nem parecia mais o mesmo, continuava sem dono. Tinha, num canto da rua, cama, comida e água. Até que, sem mais nem menos, como ave migratória quando bate a estação, levantou-se como sempre e subiu até o topo da rua. Dobrou a esquina. Sumiu. Todos pensando em sua morte, atropelado, capturado, sacrificado, envenenado. Nada de nada. Passou um bom tempo, e num domingo à tarde, desceu novamente a mesma rua, era uma sombra ao relento. Parou onde costumava viver, sol nas pestanas. A cama ainda pronta, matou a sede na meia vasilha de água suja. Depois continuou descendo, até jamais voltar.

OS HOMENS DE GELO ROUBARAM O SOL

Primeiro vieram os fotógrafos, depois os repórteres e por fim os aproveitadores. Como se me restasse algo de valor nas mãos corretas, rebento da pureza. Como se o exemplo a ser seguido tivesse ao menos metade do devolvido. Depois que encontrei aquela maleta, minha vida se revirou. Apareci na televisão, em revista, em jornal, até em comercial de sabão. Entre os dez mais. O mais falado, o mais pedido, o mais vendido. Favorito para vizinho. Foto com cara de pobre honesto, afinal, é o que esperam de mim. A vida inteira eu fiz um querer não meu, como se um código invisível me obrigasse, como se programado a responder, eu respeitasse. Feio e digno, falido com hombridade. Cidadão honesto dá exemplo no país da corrupção. Como se essa pobreza se comparasse a alguma possível redenção. Minha mulher concordou. Devolva, não é seu, eles virão atrás, é perigoso demais. Mas depois do ato consumado, riu sem graça, olhando envergonhada. Como se esperasse o oposto, o confrontar de sua opinião. Agora tá lá no sofá sofrendo de novela. E eu cá com meus botões não sei ao certo. Dinheiro em mala perdida é passagem só de ida, ouvi dizer. Achado não é roubado. Um real e um milhão, tudo igual se de ladrão. Não sei, entreguei, devolvi, o óbvio. Dinheiro sem um amarrotado, dinheiro não meu. Tudo liso e empilhado, como tantos por aí, dinheiro novo, como não é o meu. De onde vem? Dinheiro que se perde sempre falta, já perdi dez e meei o mês, falta pra nós o leite morno, tudo na conta, no fiado. Faltou um, pego emprestado. Imagina quem perde mala bonita, recheada. Que estranha sensação me domina, na calçada, entre o muro e a avenida. Couro reluzente ao sol, fecho de estalo, coração palpita. Que eu fiz, meu Deus? Será certo? E eu precisando. Não posso duvidar nesse teto de amianto que fiz errado. Os três meninos que o digam, que sirva de exemplo e lição. Guarde a revista, a melhor terceira entrevista do mês. Eu não sabia como conter a alegria quando a mala tomou destino. Eu faço e repito, desde moleque, faço e repito. O mundo é dos justos, o mundo é dos bons, o mundo é para todos. Só que hoje, pela manhã, os homens de gelo roubaram o meu sol. Será certo, meu Deus?

EU, NUNCA MAIS

Não há janelas, apenas a branda claridade que atravessa a porta. Um cano goteja. Eu grito desesperado aguardando alguém. Que venha ao menos esclarecer-me esse mal entendido. Inútil, estou numa cela de onde avisto uma porta, estreita, vidro fosco, iluminada. Desconheço meu algoz, o meu crime, o motivo do meu isolamento. Grito de novo, e quanto mais berro, mais o silêncio inunda. Meu rosto sangra, as barras das grades cortam como navalhas, pássaro arisco debatendo gaiola. Não sinto meus pés, tenho que ficar na ponta deles para alcançar o gradeado que me permite avistar o outro cômodo, onde vislumbro a porta. Que motivos teriam para me fazer esse mal? A porta é a única saída a se considerar. Já vasculhei toda a cela, até onde a vista pode. Isso parece um subterrâneo, talvez um subsolo de prédio antigo. Acontece que tudo aqui é úmido demais. Tenho minha fração de água que goteja incessantemente, regrada, lentamente. Mas sinto um frio absurdo. Nesses dez dias eu não preguei o olho. Alguém passa rápido pela porta. Eu grito de novo e sempre. Hoje comecei a escutar o miado de um gato, constante. Quase enlouqueço. Talvez ele sinta fome, como eu. Talvez ele saiba de mim como eu sei dele. Talvez ele esteja além da porta, acredito nele, acredito em seu vulto. Aquilo parecia o rabo de um animal. Droga, a porta é minha única saída. A luz muda durante todo o tempo até o escurecer. Lá fora faz sol agora. A porta dá saída para uma área externa, por isso os raios incidem e mudam de tom e intensidade ao longo das horas, até que chega a noite mais escura que conheci. Eu tenho que sair daqui, eu tenho que tentar. Não consigo ficar mais parado sendo aniquilado pelo tempo. No vigésimo dia, minha voz desapareceu completamente. Quem me sequestrou me roubou o relógio, os óculos, os tênis, até os botões da minha camisa. A fome é absurda. Os dias passam entre claro/escuro. As sombras se aninham, as herméticas sombras! Alguém chega bem próximo à porta. – Ei! Nada sai da minha boca. Alguém parece acender um cigarro, estou fraco, parece uma senhora numa cadeira de rodas além do vidro. Tenho febre, parece mais alguém com uma arma na mão. Cochicham. Meu Deus, eles planejam me matar! Eu ouço barulho de chaves, atiro-me ao chão. Não suporto, eu detesto o gosto e o cheiro imundo desse gotejar eterno. Quanto tempo um ser humano sobrevive sem comida? Não suporto mais. Ouço uma algazarra de pardais no fim da tarde, vejo o vulto das asas ligeiras no arremate da luz débil que se espicha. Talvez seja um quintal, talvez tenha árvores, algumas sombras parecem folhas caindo. Meus olhos não distinguem mais, pode não ser real. Ontem mesmo escutei o barulho contínuo de um projetor, teatro de sombras. Morrer assim... desse único jeito!? Não me deram escolha. Agora, abriram a porta... É certo! Agora, eu ouço passos, tento me mover. Minhas últimas forças até o gradeado, os olhos revelam, alimentam a angústia. A porta está lá, impassível, indiferente, fechada. Ninguém ainda, ninguém nunca. Quem sabe a porta esteja destrancada. Ninguém chega, ninguém vai. Acho que já morri, de verdade mesmo. Depois dessa última queda, ouvi meus próprios ossos se partindo como lenha seca, lascas de bambu. Fiquei imóvel, provavelmente morto, nessa carcaça inerte que apodrece lentamente. Eu ouço a porta a todo instante, agora sim! Barulho de destrancar, nem sei se está trancada. Vieram levar o meu corpo. Quem será? Novamente ninguém. Eternamente ninguém. O mesmo gato miando, ou será outro? Quanto tempo um cadáver dura sob essas condições?

ÁRVORE MÃE

Estávamos no limite, pulamos a tarde inteira de galho em galho feito macacos. Antes o Alex saltava veloz, e nós outros, um tanto lentos, ficávamos só admirando; agora somos todos hábeis, conhecemos cada galho, cada jeito de se agarrar. Esse era nosso esporte suburbano, nosso disputar olímpico, nosso conselho de atletas. Era uma molecada ao cair da tarde, gritos, pulos, algazarra, gargalhadas. A mãe do Marquinhos era quem acabava com a festa, chamava ele logo no abrandar do sol, e então todos sabíamos, era questão de minutos até que a árvore se esvaziasse dos nossos gestos e, generosa, desse pouso aos não menos barulhentos pardais. Aos poucos, já treinados, ficávamos cada vez mais abusados, como é natural. Não pensávamos, pulávamos e algum galho nos acolhia. Era como se a árvore fosse toda braços, um polvo, e para onde quer que um menino voasse, ela estendia sua rede rugosa no amparo. Assim sendo, e como naturalmente havia de ser, desprovidos do medo, nesse dia, perdemos a hora, de maneira que já era noite quando meu irmão, Guido, resolveu subir um pouco mais e saltar. Era uma lua gigante entre os galhos e só eu, o Zico e ele ainda brincávamos. Quando chegou ao topo, meu irmão saltou, atravessou a lua cheia como um foguete e nem vimos como aterrissou. Já estava escuro e foi um estrondo só. O Guido caiu direto, sem galho, nem macio, nem nada que o amortecesse. Olhei para o Zico e ele simplesmente riu. Não era para rir, mas no mundo dos meninos macacos, pode ser bem engraçado quando um perde o apoio e cai veloz dentro da escuridão. Mas depressa assim, no chão duro batido, eu não achei que seria boa coisa. Dona Angelina, mãe do Zico, veio gritando. Deslizamos no tronco e vimos o Guido caído de bruços, não se mexia. Puta merda! Daí para o hospital eu já não guardo tantas lembranças, sei que logo a rua se apinhou de gente e que o pai do Nestor é quem nos levou para o hospital numa Brasília azul, com meu irmão ainda desacordado. Eu e minha mãe ficamos um tempinho numa sala de espera lotada de gente. O Guido passou na frente de todos, era emergência. Quando nos deixaram entrar, meu irmão já havia despertado, com os dois braços enfaixados e falando uma língua enrolada, que ninguém entendia bulhufas. Ele não falava coisa com coisa, às vezes respondia certo, mas daí a pouco, só abobrinha. Aí a enfermeira disse que podíamos ficar junto dele, estava aguardando alguns exames e deveria passar a noite no hospital em observação, mas que nem pensar em dormir por enquanto. Fiquei sentado aos pés da maca, o Guido na outra ponta, minha mãe numa cadeira ao lado. Nessa hora minha mãe fechou a cara, olhou para mim, olhou para ele e, sem dizer nada, deixou que uma lágrima se arrastasse pelo rosto. Estávamos muito cansados, brincamos a tarde toda. Já era madrugada quando Guido começou a fechar os olhos, aí minha mãe o acordou num sacolejo. Exausto, eu olhava pro meu irmão e quando ele começava a fechar os olhos, eu embalava junto. Minha mãe intervinha com beliscões e tabefes. Fiquei olhando pro Guido, todo arranhado, testa cortada, um olho inchado, gesso branquinho. Pensei que ele estava tão cansado quanto eu, e resistiria o quanto eu resistisse acordado. Chegou um momento em que fiquei olhando fixamente para um ponto em sua testa, ele mais velho, sujo e moído. Parecia bem sério o ocorrido. Acho que ele corria perigo ainda.

Tombei no colo da nossa mãe, cansada, preocupada, sozinha. Eu sabia que devia ficar junto deles, ajudar a mãe a mantê-lo acordado, mas meus olhos pesados de uma tarde inteira nas galhadas, lentos, esbugalhados, embaçados, resistindo, fechando, fechando...

Sonhei com folhas secas.

RETRATO DE UMA DESAPARIÇÃO

– Nem da verdade eu duvido.

Essas foram as últimas palavras de meu irmão escritas no seu diário no dia 25 de setembro, um dia antes de seu desaparecimento. Penso eu que ele estampou no seu semblante derradeiro um sorriso fotográfico, imagino esse rosto para sua partida. Não reconheço mais os cidadãos daqui, nenhum deles em momento algum bateu a mão em meu ombro para cumprimentar-me ou comentar sobre o arrebatamento da ilustre personalidade que era meu irmão. Um sem juízo deixou escapar uma vez: "Certo ditado diz: Fulano tá pagando língua, ao final engasgou com as próprias falácias". Balela desse povo ignorante! Meu irmão já não cabia mais aqui, só isso. Lamento apenas não nos deixar saber, afinal, por que levaria a câmera junto? Quem ri por último é quem ri só. Eu é que sei da sua história, mesmo tendo vivido longe todo esse tempo.

Nosso pai foi fotógrafo, e mamãe, professora. De mamãe aprendemos a lição, a propensão ao método, ao alinhavo, aos ajustes precisos da invenção. Do pai, apenas a fotografia, nem diria a arte, mas a técnica. Sem desmerecer, pois isso salvou nossas vidas, e, por muitas vezes, a vida do meu irmão. Poderia contar a partir desse ponto outra história, a história que eu quiser. Quem sabe o dia em que meu irmão tomou um tiro que lhe acertou a máquina fotográfica à altura do coração, salvando-lhe de um óbito certeiro? Quem sabe contar como usou a alça da câmera para improvisar um torniquete que foi muito providencial para evitar-lhe a morte precoce por picada de cobra? De sequela apenas a mancada eterna. Eu sei dessas coisas todas e, por isso, escolhi contar o que quero, no meu tanto faz.

Essa é a história da saga de como meu irmão inventou vida fora da Terra e de como acabou tragado por ela.

Pois bem, nos idos próximos que não saberei precisar, mas algo em torno de dois ou três anos atrás, ele anunciou de forma solene, em ocasião propícia, para toda a cidade, que havia vida fora daqui. E convenceu a turma toda. Organizou um álbum, no mínimo curioso, em que reunia fotografias confirmando a presença de seres alienígenas entre nós. Juntamente com essas fotos vinham as histórias, onde foram tiradas, depoimentos de pessoas, zoom de objetos, detalhes de avistamentos, discos, indícios, sombras, matérias de jornais pelo mundo afora. A cidade inteira "comprou a ideia". Nada preciso, nada passível de prova que não pudesse ser contestada, apenas história pra gente daqui, presa na mesmice e tentando valorar sua sina. Era mesmo um campo fértil para especulações. A noite com todo o seu arsenal de mistérios polvilhando a imaginação humana desde o início dos tempos bateu na cuca do meu irmão. Obsessivamente, passou a fotografar tudo que estranhamente começou a aparecer nos céus noturnos do vale. Destacou comentários, histórias, imagens e tudo o mais que essa gente precisava saber de si, revelou e deu fé.

Dizem que uma sucuri é capaz de engolir um homem, eu duvido, eu nunca vi. Como saber a verdade? O papai provocava: "Uma fotografia só existe no instante aberto do diafragma... E depois, o que nós vemos?". A mãe respondia: "Toda uma história extinta, exigindo sua fatia no presente". Pra mim uma fotografia é um gesto, uma gaiola de tempo que me diverte, uma centelha e novamente o breu.

Contam que o clarão foi tão forte que encobriu a casa, a rua, o bairro, a cidade inteira por uma fração de segundo. Tudo se iluminou num grande *flash*. Feito isso, a noite continuou, serena, velada, tudo no lugar onde o sono guarda as coisas, todas as prateleiras completas, imóveis, todos os portões trancados... Exceto um, onde um cachorro, emoldurado no vazio da passagem, amanheceu latindo.

PASSANDO DA CONTA

Era minha primeira ronda noturna, meu amigo ao volante já era um veterano, tanto que me passava conselhos e alertas que só quem já vem surrado de profissão pode dividir. Eu tenho apenas um ano de trabalho na polícia, era do administrativo, e se pudesse partia para outra, mas minha mulher está grávida do nosso segundo filho e aí não dá para sair arriscando como na solteirice.

Desde que entramos na viatura, eu concluí rapidamente pelo menos três coisas sobre o passado do meu amigo. Foi muito pobre quando criança, foi casado e se separou, e em algum momento da adolescência, simpatizou fortemente com a anarquia. Perguntei pela tatuagem logo na terceira esquina. Estava estampada no alto do braço e agora parecia uma caveira, mas era nítido o símbolo da anarquia disfarçado pelo crânio nervoso. Era de convir que um policial com o símbolo da anarquia camuflado no braço fugia totalmente da conveniência. Ele respondeu que foi besteira de jovem inconsequente e que por isso resolveu esconder o desenho com uma caveira e um revólver. Como não rendeu mais assunto, fiquei imaginando ele sentado na cadeira esperando que o tatuador finalizasse suas ideologias sobrepostas. Tendo em vista suas idas e vindas, narradas por ele mesmo, acabou policial de carreira. Eu não tenho tatuagem nenhuma, mas se fizesse alguma seria um peixe, não no braço, mas um peixe.

Recebemos um chamado da central, dois homens brigavam em frente a um restaurante, um dos estabelecimentos em que meu amigo tinha o hábito de jantar. É bem possível que se ganhe o jantar em troca de uma proteção extra, uma atenção diferenciada. De pouca experiência que tenho, eu já sabia que ia rolar treta, meu parceiro riu alto e disse um ditado que nunca tinha ouvido falar, mas tinha a ver com comida e galos de briga. Ele falava cheio de gírias e gesticulava uns tiques na sobrancelha direita que davam um ar de insanidade às suas expressões.

Um único apito da sirene assim que chegamos. Prontamente, descemos e o dono do restaurante nos aguardava na porta. Dois mendigos assustados e uma roda de gente em volta. Um deles chorava.

O dono do restaurante disse que sempre que aparecem, brigam pelos trocados dos clientes, os mesmos dois, sempre importunando. Nunca virou caso de polícia até então, mas dessa vez "passaram da conta". Eu vi uma garrafa quebrada na calçada em frente ao restaurante e pensei que para um morador de rua, talvez, "o passar da conta" seja isso. Meu amigo me pediu para esperar e conversou mais afastado com o dono do estabelecimento.

Fiquei imaginando o ocorrido. Parece que um jogou a garrafa no outro e acabou errando. Quem sabe se tivesse acertado nem fosse caso de polícia. O restaurante era um desses mais populares de comida a quilo, perde no requinte, mas ganha na movimentação de gente. No meio da penumbra de lâmpadas escurecidas pela gordura da cozinha, eu vi um homem jantando com uma criança. Só os dois continuavam indiferentes, mastigando distraídos. Meu amigo voltou e me disse para ajudá-lo a algemar os dois baderneiros. Cumprimos juntos esse dever em nome da ordem. Um dos mendigos gritou que tinha direitos e que todo mundo ali era testemunha. Meu amigo pediu que ele olhasse de novo, que reparasse bem se via alguma testemunha ali. Ele olhou ao redor meio contorcido pelas algemas. Meu amigo gritou se alguém podia nos acompanhar até a delegacia para testemunhar. O pequeno tumulto emudeceu, nem mais palavra. Os mendigos foram enfiados na viatura, um deles cheirava a urina. Não vai se repetir, foram as últimas palavras do meu amigo ao dono do estabelecimento. Partimos com mais um apito da sirene. Eu sabia que não iríamos levá-los para a delegacia, que qualquer lugar servia para o desfecho, e eu desejaria que minha primeira ronda noturna acabasse antes disso tudo.

Enquanto meu amigo manobrava a viatura, eu vi o homem e a criança se levantando da mesa do restaurante, pagando e saindo. Primeiro, misturaram-se ao aglomerado que já se dispersava. Quando alcançaram o meio-fio, vi que o homem tinha um dos braços mutilado à altura do cotovelo, onde a criança segurava, num gesto inconsciente de dar a mão para atravessar a rua.

BOM VELHINHO

Não tá fácil para ninguém. Três meses de desemprego e eu já não aguento mais ser jogado de um canto pra outro por causa da minha idade. Eu não tô completamente velho, me sinto forte e capaz, mas meu cabelo me entrega. Minha palidez curtida ao sol, brotando mil rugas. Além disso, eles acham que eu tô doente. Fique desempregado pra ver, a gente se deprime e nada dá jeito nessa cara. Eu tava grisalho, barbudo e no nível dois da depressão, por isso que não pensei duas vezes quando li aquele anúncio contratando Papai Noel. Até que pagam uma boa grana. Dá até para esperar eu encontrar um fichado mais certo. Fiquei pensando em como seria para mim, com esse acanhamento todo, agindo, falando, sorrindo em público. Eu roía as unhas enquanto lia o jornal. De início, nem falei com minha mulher, se desse certo, faria surpresa. Levei o currículo. E o que vem a ser um currículo desejável para Papai Noel?

Era um shopping recém-inaugurado, o mais novo da região. Os shoppings antigos já tinham seus bons velhinhos certos. Difícil dizer, mas essa é uma profissão bastante territorial. Com razão, pois, quando aproxima o natal, tudo vira campo aberto para disputas. Tem senhores que dão a vida por empregos assim. Nunca me imaginei, mas posso dar a vida também. Parece que tem uns aposentados que esperam o ano todo, uns assinam contrato por mais de um ano. Outros já estão na "tábua da beirada" e fazem por fazer. A verdade é que eu sou desse último grupo que nem se importa, desde que paguem minha grana. Havia uns seis na entrevista. Reconheci de cara o senhor Nicácio e fui cumprimentá-lo. Acreditem, o velhote nem levantou o focinho. Eu não disse? Que solidariedade que nada, no fim do ano as pessoas se tornam mais competitivas e egoístas. Eu nem ligo, porque também não quero perder. Entrei numa sala onde duas senhoras e um senhor me aguardavam. Como eu fui o último, eles já demonstravam impaciência de sobra. Cara torcida, suada, enrugada. Perguntaram-me uma dúzia de questões pessoais, uma delas era se eu tinha residência fixa. Quase brinquei que era no Polo Norte. Perguntaram se tinha disponibilidade de horários. Lógico, posso ser o bom velhinho em tempo integral se for preciso.

É para começar semana que vem. Minha barba de desempregado já ia pelas tantas a cinco dedos, pediram que eu aparasse um pouco e deram uma roupa que ficou o dobro do meu tamanho. Mas foi aí que minha mulher mostrou seus dotes de costura, fiquei um Papai Noel enxuto, tive até que improvisar a barriga. Faltando dois dias para o natal, as filas dobravam de tamanho. Eu ficava apertado para ir ao banheiro e nem podia, tinha que aguentar. E aquela molecada feliz pra foto. Eu ainda não havia recebido nada, eles pagam por semana. Pelo menos não tive que saltar de paraquedas para chegar ao shopping, morro de medo de altura, embora eu tenha caído mesmo de paraquedas aqui. Eu tava suado pra burro. No fim desse dia, eu já não aguentava mais ver criança na minha frente. Foi aí que eu tive uma visão, uma miragem, que por fração de segundo se tornou real. Minha esposa e meu neto estavam no final da fila. O que ela tá pensando, que vai pagar retratinho aqui? Coisa mais inútil. Fiquei resmungando ao ouvido de cada criança que peguei no colo a partir dali, aos poucos esgotando a fila. Até que chegou a vez dos dois. Eu já ia gritar para eles voltarem para casa. Como, na situação em que estávamos, podíamos nos dar ao luxo de pagar foto com o Papai Noel? Isso era para os abastadinhos, eu ia dizer, eu ia gritar antes que eles pisassem no tapete vermelho. Papai Noel é coisa pra rico ver! Serve só pra imitar gringo! Assim que penso, assim que eu gritaria, assim que eu devia... Eu ia escorraçar. Falta de juízo.

Mas aí meu netinho veio correndo. Se ele tivesse vindo devagar, se tivesse parado, vacilado um pouco, tímido que era. Mas ele veio correndo. Se tivesse ficado assustado, chorado, mas assim... correndo...

Enquanto ele subia no meu colo, eu vi minha mulher pagando a foto com um punhado de moedas guardadas.

A MORTE DO LEÃO-MARINHO

Eu quero um leão-marinho. Foram as primeiras palavras inteligíveis ditas por Melina quando começou a falar. A família inteira não entendeu. Era uma graça a menina, bochechuda, toda mimada pela mãe, com lacinho e cachos muito bem montados. O sorriso em pessoa. Corria pela casa, toda delicada, parava, às vezes, olhando para o nada e, de repente, virava para alguém e balbuciava graciosos lalalás, olelês e mamamás. Mas, desta feita, sem mais nem menos, olhou para o pai e soltou a frase: "Eu quero um leão-marinho". Assim mesmo, completa, audível, sílaba por sílaba. O pai sem entender, perguntou uma segunda vez. Era isso mesmo, a menina reforçou a intenção. Filmaram com o celular, postaram no grupo da família. De início, todo mundo achou graça, depois é que surgiu a desconfiança. De onde saiu aquilo? Quem lhe ensinou? A menina só repetia a frase. Ela sabia falar outra coisa? Sempre a mesma ladainha. O tio tentou, no meio das cócegas, arrancar-lhe pistas ou qualquer outra coisa que significasse. Inútil. Ao ser questionada sobre algo qualquer, mesmo entre gargalhadas, a menina só repetia: eu... kkkk...quero um... kkkk leão-marinho... kkkk. Todos com cara de espanto. Até que uma sobrinha, mestranda em humanas, concluiu astutamente: "Alguém deve ter assistido, algum dia, algum programa que mencionou leões-marinhos, ela estava junto, ouviu, reproduziu. Talvez nem conheça o bicho, só repete as palavras. Mostrem uma foto do mamífero para ver se ela distingue". Era de convir que fazia sentido essa observação. O pai retornou à sala com os impressos. Girafa, elefante, vaca, galinha, baleia, lobo, urso, leão e leão-marinho. Embaralhando tudo, ela haveria de apontar, se de fato soubesse, qual era o bicho. A menina apontou a vaca, o lobo, o urso e nada de acertar. Voltou a perambular pela casa, desinteressada da lúdica experiência pedagógica. Depois disso, todos se cansaram, esqueceram, deixaram pra lá. Porém a menina não falava outra coisa. No seu aniversário de três anos, já com um repertório maior de palavras, ela continuava. Desaprovou cada presente que abria, encarando séria toda a família que a circulava, e gritando a plenos pulmões: "Eu queeeeeeeero um leãããããão-mariiiiiiiiiinhoooooooo!". Aquela brincadeira já havia ido longe demais. Pediatras, psicólogos, professores, pedagogos, ninguém dava jeito. Melina queria um leão-marinho. O pai já desesperançado, impossibilitado de realizar o desejo da filha. Sem lógica que caiba no tempo em que isso durou, foi que num dia de praia no hemisfério sul, no jornal da noite, apareceu a imagem de um leão-marinho encalhado na areia. Imóvel, morto, com dezenas de banhistas em volta. As ondas batiam e seu corpo afundava ainda mais na areia. Família reunida, tensão absoluta. A menina olhou fixamente para o pai, nem triste, nem alegre, nem nada.

– Tá bom, pai, eu não quero mais.

TELEFONE DE RECADO

O telefone tocou logo no início da fria manhã.

A casa ainda carregada de silêncios. Com passos leves, pigarreando, Elsa foi atender, enrolada numa coberta morna, encontro fatal entre o calor acumulado da noite e o frio que adentrava pelo basculante. Isso gerava arrepios nas pernas magras de Elsa. Os chinelos batendo galope nos tacos soltos e antigos do piso. Jogou-se na cadeira e alcançou com a mão esquerda o aparelho telefônico. O "alô" saiu rouco, descontrolado, como se um urro de fera numa caverna profunda. Um suspiro demorado ecoou pela sala vazia. Respondeu, logo na sequência, um "sim" murcho e misturado a um bocejo gutural. Desanimada daquela procissão até a sala, fazia muxoxos de tédio e sono. Não queria tratar mal a ninguém, mas aquilo são horas? Após alguns segundos ouvindo as frases metálicas vindas do aparelho, palavras que viajavam distâncias quilométricas em fios pisoteados de pombos, atravessando fronteiras e territórios longínquos, seu semblante mudou bruscamente. Era como se um tiro acertasse o alvo de raspão após longa distância de mira. Nada de arrebatar a presa, mas as carnes fracas sentem o espetar de algo que paralisa quente sob a pele. Assim, com esse estilhaço alojado em seu corpo, Elsa levantou-se bruscamente procurando um lápis. Diabos, sempre estão ali quando ela fica à toa batendo papo e desenhando figurinhas na antiga agenda, agora que precisa deles, cadê? Interrompeu a conversa e correu até o quarto novamente. Ao alcançar uma caneta sobre a mesinha de cabeceira, bateu-lhe o dilema maior, a cama ainda desarrumada da irresponsabilidade, da preguiça, dos sonhos de jogo do bicho, em contraste com a árdua missão apresentada por um desconhecido. Queria voltar a dormir logo, mas uma voz indiferente, que sequer havia escutado pessoalmente na vida, acabava de lhe ordenar algo. Ainda que essa voz pedisse com toda a gentileza do mundo, em tom sincero de não querer incomodar, impunha um jogo sem possibilidade de renúncia. A voz metálica ordenava-lhe algo amavelmente, de coração puro, pois sabia que depois de consumado o pedido, Elsa não suportaria dormir sem tê-lo levado a cabo. "Sim, pode falar...". Esse pequeno pedaço de papel, sujo de dedos ociosos, com o desenho de uma rosa feia, toda rabiscada no ritmo de outra conversa, era agora o suporte da mensagem crucial. Acabara de amanhecer e já havia muitas informações dentro daquela manhã. Elsa agora teria que encontrar o jeito mais certo de ordená-las, intercalando uma a uma, até que culminasse na entrega do recado ao destinatário final. Elsa desligou o telefone assumindo o desafio. Deu uma baforada no cigarro que acabara de acender e sentiu medo, manifesto em um calafrio na espinha. Não apenas o receio do que ia fazer, mas um pavor ansioso de conseguir completar logo o determinado, de sabe-se lá como, voltar para casa com tudo consumado, de resolver de forma breve e eficaz. Teria essa capacidade? Foi até a cozinha e preparou um café bem amargo.

Passado o primeiro momento, ainda com a orelha quente e as palavras elétricas no ouvido, ela já fazia corpo mole. Era difícil realizar o que lhe fora determinado. Era mesmo uma ação impossível, um destino difícil daquele telefonema em diante. Como alguém poderia ter certeza de que um desconhecido cumpriria uma missão dada por outro desconhecido munido apenas do tom de voz?

Tomou em poucos goles o café fumegante e seguiu rumo ao chuveiro. Meia hora secando os cabelos molhados, quinze minutos escovando-os em frente ao espelho. Dez minutos sentada na cama olhando para a sombra dançarina da cortina na parede clara de sol. Foi bom todo esse tempo perdido entre o telefonema e o portão, era preciso que o dia amanhecesse completamente para que cumprisse sua missão. Que a trava do portão não acorde ninguém fora de hora, como lhe fez o telefonema. Maldita hora para ter um telefone, sempre foi para ela um artigo de luxo, desnecessário, até a partida do filho. Ele insistiu que mantivesse o aparelho para que pudessem conversar, ainda mais com ela morando sozinha. Os filhos vão para tão longe depois que os telefones se instalam, ou até mesmo antes, bem antes até...

Arrumou a blusa de lã puída, forçando para que ela cobrisse o máximo do frio que no meio da rua chegava a arder, mesmo com o sol discreto que amanhecido já se escondia novamente. Era um frio de geleira, vento pesado. Os olhos se encheram de lágrimas, e isso ninguém pode confirmar se era de tristeza ou o que o vento soprou para dentro deles. As pernas num ritmo médio, passos curtos limitados pela saia de brim até a canela. Os cabelos lavados já estavam presos no coque. Elsa, toda contida, seguiu até duas esquinas depois de sua casa e parou em frente ao portão de madeira e tela. Espichando mais o olhar, avistava-se uma hortinha bem cuidada, cebolinha, coentro, manjericão. Um pé de manga espada erguia-se imponente entre o portão e a porta da casa, uns pardais sobre a caixa d'água, outros na árvore, mais uns no chão batido. O sol desapareceu de vez. Era um dia nublado e seco, de ventania espessa, isso dificultava tudo. Olhou para o caminho da volta para casa. Esquecer era impossível, insuportável, mas ela suportaria melhor o que estava por vir?

Bateu palmas.

Já na primeira vez, Lurdinha chegou à janela. Veio atender o portão metida numa blusa fina de algodão, o vento cantava. Silenciosamente as duas senhoras entraram, sentaram-se na cozinha, tomaram café. Lurdinha não fumava. Elsa tremia. Tocou com a mão esquerda o papel dobrado no bolso de trás da saia. Ficou esfregando o papel e encarando a outra. Lurdinha, por sua vez, contou toda a novidade dos dias, do bairro, do pequeno mundo local. Elsa ouviu com atenção difusa, pigarreou, tossiu, suspirou, mas nada de sair palavra. Então ela avistou além, no outro cômodo, um retrato da moça. Era a filha de Lurdinha na idade que tinha quando se mudou daqui, era moça bonita, como dizer... Pronunciou bruscamente o nome da filha de Lurdinha, comentou da distância para onde os filhos vão, falou de como seria tudo diferente se ficassem, de modo que, como dizer... Lurdinha olhou fixamente para os olhos de Elsa. Seria bem difícil agora, mas não podia recuar. Naquele instante o sol voltou a aparecer. Uma pequena aranha correu de um canto a outro da sala, em busca de escuridão.

A PROPÓSITO, UM ANDARILHO ÀS SEIS HORAS DA MANHÃ

O primeiro abalo foi antes do aniversário de Adélia, num dia de sol brando dentro do frio matinal. Neblina. Senti nos ladrilhos, ouvi as janelas, rangeram as portas, tremeram as vasilhas. Mas nem um prato se partiu, nenhuma trinca, nem me dei conta do algo maior que poderia vir a ser. Parecia um caminhão subindo a ladeira, alguma obra iniciada na avenida? Minhas mãos estavam calmas, serena minha expressão no espelho. Os dias seguiam como aves de rapina nesses tempos e eu sentia terríveis dores intestinais. Decidi facilitar as coisas. Pela quinta semana após o outono foi que eu decidi deixar o emprego. Nessa mesma semana, ouvi também notícias da primeira vítima dos tremores: um homem magro, com uma camisa cinza de botão, cabelos grisalhos, mãos estáticas. Parecia mais um acidente de trabalho, mas ele morreu durante o ranger da terra, com quadros inclinados nas paredes, um trovão prolongado no ar. Partiu-se o primeiro vidro, algo mais se quebrou, alguma coisa terrível germinava. Como o velho cão enrodilhado, cascavéis nos calçados. Enfiei-me no terno, arrumei a gravata, costurei um botão solto e fui até a praça olhar pra todo o lado. Sentia vertigens. Todos os bancos ocupados por gente à toa, gente que veio também olhar. Andei de um lado para o outro durante horas, talvez dias, semanas, não sei mais. Um homem foi morto por combustão espontânea na televisão, então, diga-se de passagem, pode não ser verdade. Uma estrela cadente atravessou o céu e trouxe consigo a noite mais fria do ano, estourando depois o telhado de uma pobre senhora. Como se não bastasse a terra, o medo também achava lugar no céu. Logo interditaram a praça, as trincas eram gigantescas nas ruas do entorno. Encolhi-me num dos bancos perto do poste de luz e lá pelas quatro da manhã estourou o silêncio bruscamente após outro tremor, forte e demorado. Senti o banco deslocar-se do chão, ouvi gritos. Pensei em Adélia, angustiado por não saber se tudo isso a alcançava. Quando o abalo terminou, todos se espalharam, a praça ficou cheia novamente, romperam as fitas de isolamento. Uma senhora me perguntou o que era, dei de ombros. Um jovem passou depressa com braços dados a uma moça, estavam cobertos por uma manta azul, parece que havia sangue. Sim, era sangue. Um homem puxou conversa dizendo que leu no jornal sete ponto sete e que estavam todos em alerta, podia não ser verdade. Certo é que havia previsão para novos abalos. Sete ponto sete, que diabos... Dessa vez, muitos feridos, dezenas de mortos. A partir de então, começou o pânico, os blecautes. Saquearam a velha padaria. Eu estava na calçada e me pisaram por mais de uma vez, muita gente indo embora, outros estocando alimentos, outros apenas olhando. Perambulei por alguns anos, vivendo e dormindo por aí. Quando todos já se esqueciam do nosso trágico destino, veio o último tremor. Eu estava no segundo andar de um edifício abandonado; era um ruído alto e permanente. Tropecei duas vezes antes de alcançar a janela, nada se equilibrava sobre si. Lá fora, tudo rangendo, arado infernal. As árvores balançavam, tempestade nas raízes. Avistei uma palmeira despencando sobre os fios, trincas imensas desenharam nas paredes o mapa dos subterrâneos. Toda a sorte de gente se esparramou pelas ruas, e assim avistei Adélia.

Estrondo de demolição, entre os lábios, Adélia. Sublime, pura, regressa. Penhasco aberto, tijolo moído nos olhos; entre a multidão, Adélia. Franzi a testa, firmei os punhos e calcanhares. Tanto tempo passado, será possível? Alcancei a escadaria, pânico, no entanto, tudo tão lento como no fundo do mar. Mas eu corria, ofegava e corria. Chegando ao primeiro andar, o teto não suportou, era esse o peso que eu tinha sobre a cabeça, eram os meus exatos anos de romaria. O teto cedeu e emudeceu-me a vida. Não sei mais dizer... Antes que eu alcançasse a porta, antes que eu chegasse à rua, antes que eu abraçasse Adélia, não pude mais correr. Não senti o baque, não senti a dor, não senti nada. Meu corpo irrisório, meu amanhecer de concreto e aço. Eu emparedado, nada além da saudade. Para o futuro aponta o meu dedo rígido, o meu fóssil opaco e esquelético. Que exames farão para constatar que sou eu e não outro? Ou teremos a mesma cova de indigentes gerais? Já não importa. Para o futuro, pasto de dinossauros, aponta meu relógio para este outro tempo, sem mais atrasos, sem mais nenhum tremor nas mãos.

TODA SEXTA UM CORAÇÃO VEM

Sou agora visitado por fantasmas. Eleonora veio pela noite de terça e disse "que bagunça está seu quarto!". Ontem as formigas levaram meus bilhetes e cartas para se abrigarem no inverno. Na sala, poeira e livros, músicas chiando na vizinhança, entre bocejos e gestos letárgicos, eu sou a pintura brocada de um maneirismo. Toda sexta um coração vem, nem sei dizer, sangrando, podia ser Nosso Senhor, mas desconfio que é alta e pálida, gostava mesmo de mim e de Wilde. Andam pelas ruas os cachorros mortos, atravessam a esquina deserta. Tento lembrar os seus nomes, mas já não atendem aos chamados. Um deles rosna, mas não para mim, é para essa vida. Dona Felipa anda a esmo pela casa, parece que não suportou o inferno depois de se atirar da torre da igreja dos escravos. Era de descendência nobre e sua filha ainda chora aos pés da herança. Resolvi limpar o armário num domingo de estio, encontrei todos os ovos de baratas e nenhuma delas, aranhas secas e uma lagartixa prensada na porta. Cheguei a pensar que eu também estivesse morto. Lamento não reler os meus cadernos e rasgar demente os meus diários, liquidando prontamente qualquer palpite ou qualquer riscado. Ler é o meu cansaço e a minha sina. Apenas frases avulsas, essas palavras de que somos feitos. O que define o corpo vivo de um morto? Estou rasgando o ventre das gavetas calmamente enquanto as luas varrem os calendários. Os ventos noturnos novamente infiltram sob os panos, sob os poros, eriçam as lapelas, afrouxam nossos laços, braços, secam os corpos dos afogados de amor que tarde da noite virão me encontrar. Não posso dizer que me faltam amigos, de tanto cear com eles já não me importo quando batem à porta, pela madrugada fria, pedindo-me apenas compreensão. Assim eu conheço toda a cidade. Sei por que tirou a própria vida o senhor Leopoldo. Sei a custo de que sumiu no mundo a pura filha do Seu Gotardo. Entendo quem perdeu no jogo a cabeça ou se viciou nos amargores mais potáveis. Sei da tortuosa pisada dos homens. Eu conheço a velha estrada onde alcançam as suas mais velhas misérias em busca dos mais tenros prazeres. Eu gosto quando calmamente o tio começa a citar o bom e velho Raul. Gosto da melodia do encanamento velho da casa nas noites de inverno. É o silêncio sublime, absoluto, quando aquela que chega tarde deita-se dizendo ao pé do ouvido, "cobre que tá frio", como se ela mesma não trouxesse a friagem. Kafka veio no dia mais chuvoso e disse para que eu queimasse tudo. Estou tentando. Pela hora em que os namorados se ligam para dizer que chegaram bem, nem tão tarde, nem tão cedo, ouvi a casa ceder. Assustaram-se os fantasmas. Quando começamos a descer ao centro da terra, levei as mãos às pálpebras inchadas. Pedi licença a Jovina para arrumar o meu cabelo em frente ao espelho, ela continuou se maquiando ao lado. Nessa hora, a terra ergueu os vermes ao cume do telhado. O melhor apetite é para a casa inteira. Estalou no vento a carniça de mais um cão sem dono, e as espessas raízes das velhas jaqueiras começaram a me fazer cócegas nos pés.

Escrever é escavar até o topo. Abrir estrada até onde. E segue o século. Até rua sem saída tem horizonte. É estar ao relento construindo abrigo até encontrar-se, morto ou vivo.

Este livro foi composto em Capitolina e impresso em papel Pólen Bold 90g/m^2 em fevereiro de 2024 para a Editora Patuá.